A Asia, que me enseñó los ritmos del alma.
Dario Alvisi

A mis pequeñas golosinas con patas, Jonas y Léna.
Amélie Graux

Las cajas de Berta
Colección Somos8

© del texto: Dario Alvisi, 2020
© de las ilustraciones: Amélie Graux, 2020
© de la edición: NubeOcho, 2020
www.nubeocho.com · info@nubeocho.com

Título original: *Le scatole delle emozioni*
Revisión: Alma Carrasco

Primera edición: junio 2021
ISBN: 978-84-18133-26-8

Impreso en Portugal.

Las cajas
de Berta

DARIO ALVISI   AMÉLIE GRAUX

Ella es Berta.

Le gusta traer su pelo largo y lacio.

También le gustan los colores: el verde, el rojo,
el azul… pero ¡separaditos! Sin mezclar.

Berta es muy ordenada. La mochila, la habitación,
la cama… Cada cosa en su lugar.

¡Nada se puede mover!

Sus padres siempre dicen: "¡Berta es muy bien portada!"

Berta no habla de sus emociones.
Le encanta hacer rompecabezas porque le
ayudan a estar tranquila.

Si está muy nerviosa, ni siquiera los
rompecabezas consiguen calmarla. Cuando
eso ocurre, encierra en cajas sus emociones.
Pone dentro su enojo, sus celos, su tristeza
y su alegría.

"¿Berta nunca grita de emoción?",
preguntan los amigos de sus padres.

"No. Cuando está demasiado contenta,
abre su caja amarilla y la llena de saltos".

"¿Y nunca se siente triste?"

"Cuando está muy triste abre su caja azul
y la llena de lágrimas".

"¿Berta nunca hace berrinches?"

"Cuando está a punto de hacer un berrinche se le ondula el cabello. Y como a ella le gusta su pelo liso, se calma inmediatamente".

"¡Berta es muy bien portada!"

Una mañana fue a la escuela vestida todo de rojo.
Un compañero le dijo:

"¡Pareces un mostrenquito rojo gluglú!"

Berta no le hizo mucho caso pero sintió que la garganta
le picaba. ¡No sabía lo que era un mostrenquito
rojo gluglú! Decidió escribirlo en su cuaderno para
preguntarle a su maestra.

Al ver llegar a la maestra, Berta corrió hasta el salón pero tropezó y sus cosas se desparramaron en el suelo. La maestra la regañó por correr en clase.

Berta sintió cómo la molestia de su garganta pasó a su lengua y se puso colorada, roja como su ropa.

Al terminar las clases, Berta regresó en el autobús escolar. Quería contar a sus padres lo que había pasado en la escuela. ¡Pero no estaban en casa!

Pronto llegó su madre con la compra, pero estaba de muy mal humor. No le hizo caso a Berta, ni a lo que había escrito, ni a su molestia en la garganta y en la lengua.

Sintiendo calor y rabia, Berta cerró su
cuaderno y corrió a la habitación a intentar
calmarse armando un rompecabezas.

Cuando estaba a punto de acabarlo, se dio
cuenta de que ¡faltaba una pieza! La buscó por
todas partes, sin éxito.

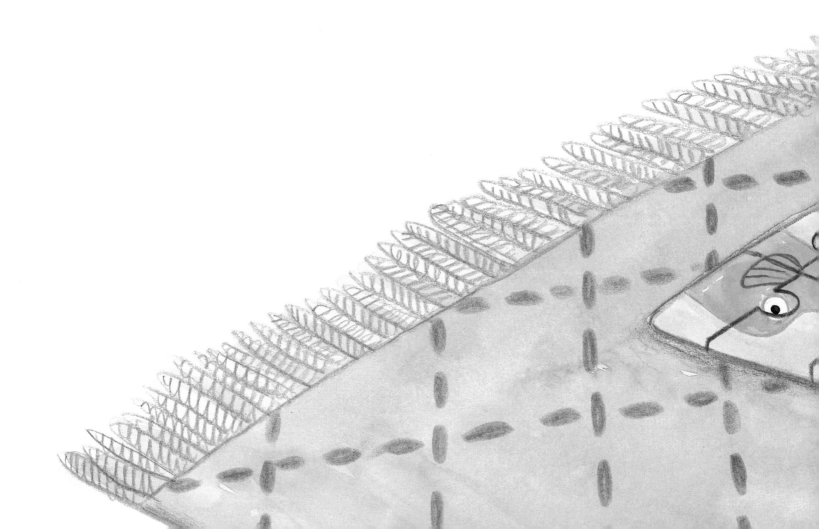

La garganta le dolía, le temblaba la lengua,
el pecho le ardía.

Berta sacó todos sus rompecabezas, sin
poder encontrar la pieza faltante. Además,
todas las piezas empezaron a mezclarse
unas con otras.

Enojadísima con la revoltura, trató de unir piezas de rompecabezas diferentes. Aunque no encajaban bien, las apretaba con fuerza. El pelo se le comenzó a ondular. Su sweater rojo parecía a punto de incendiarse.

Desesperada, Berta abrió sus cajas de emociones y de su interior escaparon saltos y lagrimas.

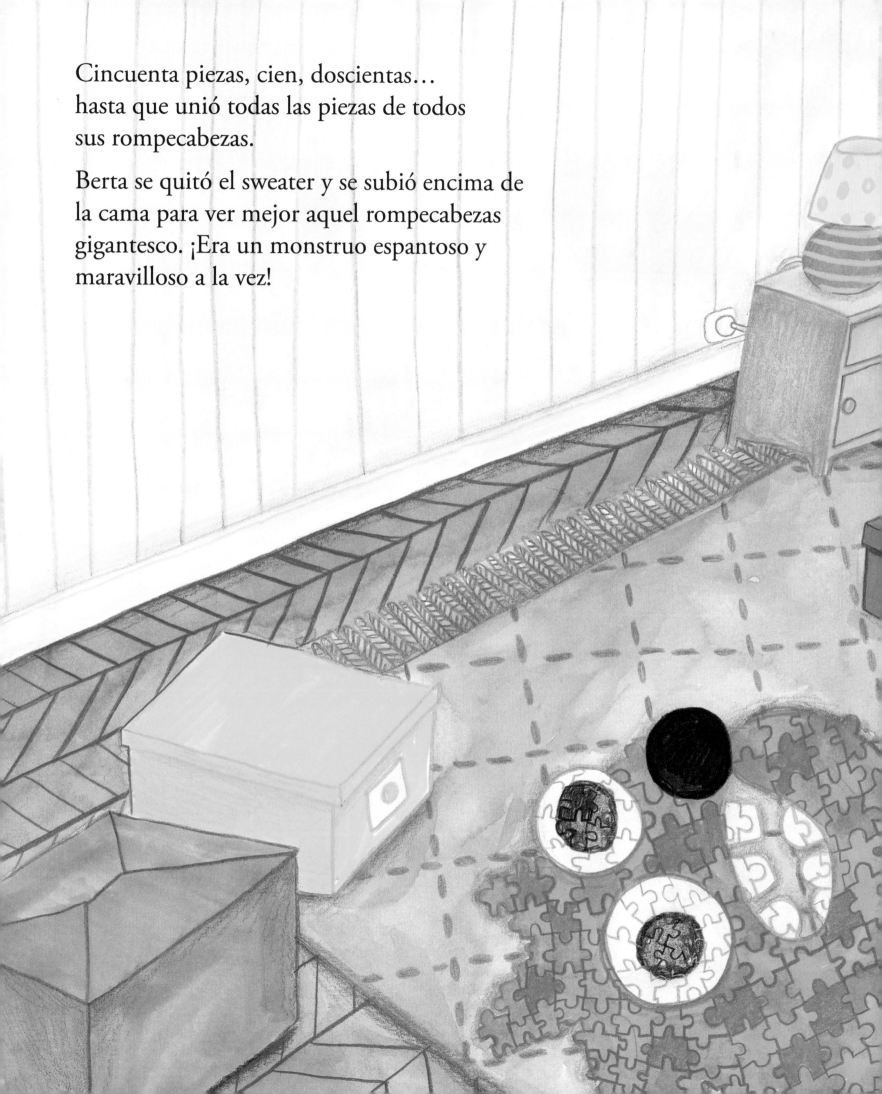

Cincuenta piezas, cien, doscientas…
hasta que unió todas las piezas de todos
sus rompecabezas.

Berta se quitó el sweater y se subió encima de
la cama para ver mejor aquel rompecabezas
gigantesco. ¡Era un monstruo espantoso y
maravilloso a la vez!

Por fin Berta se sentía calmada. Se tiró en la cama y, feliz, le dijo al monstruo:

"Te llamaré mostrenquito rojo gluglú".

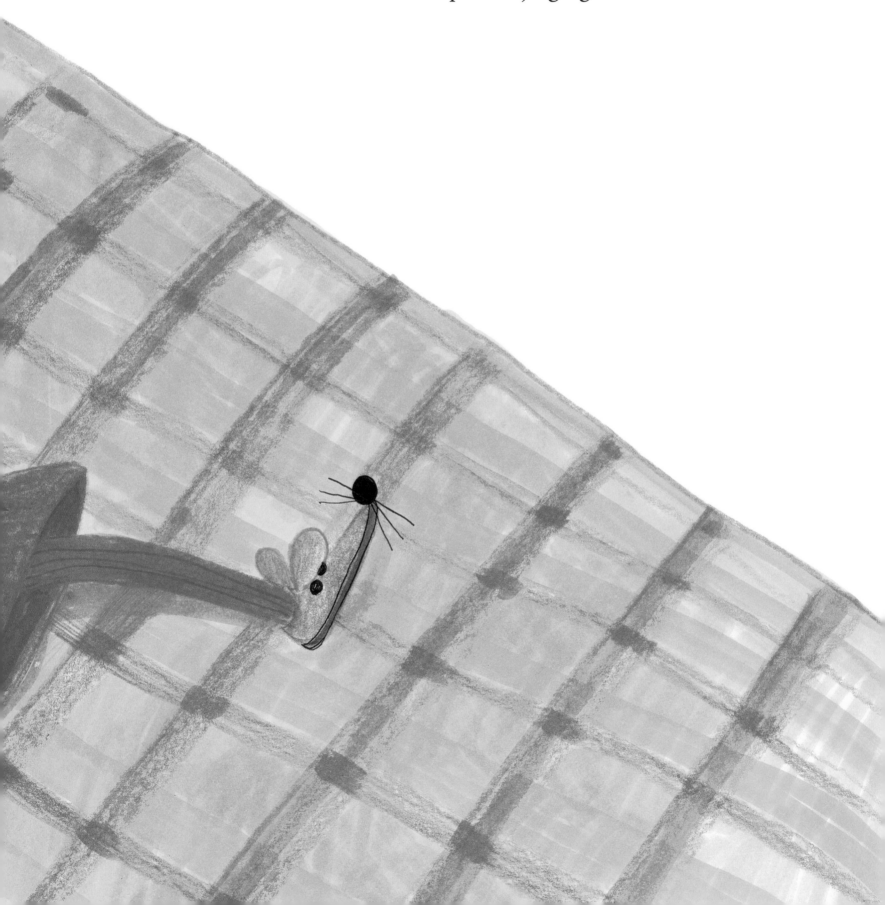

A partir de aquel día, Berta no encierra sus emociones y le gusta hablar de lo que siente.

Sus cajas de colores las utiliza para guardar tesoros, pulseras, ramitas y otras cosas que le gustan.

Su pelo sigue siendo largo y liso… Pero si se ondula, ella lo amarra y no le da importancia.

Como a Berta le gustan todos los colores, si se siente indecisa, se viste con un poco de amarillo, un poco de azul y un poco de rojo.

Ahora, cuando está nerviosa o enojada,
Berta dibuja, recorta, combina, pega…

¡Y hace monstruos
maravillosos!